[par L-B.
guyton de
morveau]

LE RAT
ICONOCLASTE
OU
LE JÉSUITE CROQUÉ.
POËME
HÉROÏ-COMIQUE
EN VERS ET EN SIX CHANTS.

Et de tous les mortels grace aux dévotes
ames,
Nul n'est si bien soigné qu'un Directeur
de femmes.

Despr. Sat. 10.

M. DCC. LXIII.

AVIS DE L'ÉDITEUR
ET ARGUMENT.

CE POEME connu depuis plus de quatre ans dans la patrie de l'Auteur, a été compofé, ainfi que l'inimitable Ververt, fur une avanture de Couvent : Je vais en préfenter le récit tel que je l'ai trouvé fous le titre d'Argument, dans la Copie manufcrite qui m'eft parvenue.

» En 1757 au tems de l'Avent, les » Dames Carmélites de D**** dreffe- » rent une Crêche ; elles n'oublierent » rien pour la décorer ; & la ferveur

» leur fit imaginer de mettre à la suite
» des Personnages ordinaires de cette
» Représentation mystérieuse tous les
» Moines & Moinesses caractérisés par
» leurs habits. Un Jésuite étoit alors
» leur Directeur, on lui témoigna des
» égards en formant sa Statue de su-
» cre, en la soignant plus que les au-
» tres, en la plaçant plus avanta-
» geusement ; un Rat détruisit la
» nuit suivante ce monument de Pré-
» dilection.

D'après cet exposé & le témoignage
de plusieurs personnes instruites, je crois
devoir avertir le Lecteur qu'à la ré-
serve de ces circonstances, qui ont été
l'occasion de cet Ouvrage, tout le reste

est absolument d'invention ; on m'a de
plus assuré avoir oui dire à l'Auteur,
que si ce Poeme n'étoit pas aussi plaisant qu'il auroit pu l'être, c'est qu'il
avoit été gêné par ce respect que doit
toujours se faire rendre le vrai mérite,
& que lui avoient inspiré les mœurs
réguliéres sans petitesses, pieuses sans
faste du Monastére où la vérité histo-
rique le forçoit de placer le lieu de la
Scéne ; mais qu'il se croyoit suffisam-
ment dédommagé de la perte des suf-
frages de quelques Rieurs par l'accueil
que son Ouvrage avoit reçu des Admi-
rateurs de ces vertueuses Filles, & l'ap-
probation dont elles-mêmes l'avoient
honoré, au point que leur digne Supé-

rieure, dans les derniers momens de ſa vie, avoit déſiré d'en entendre la lecture, & en avoit fait demander avec inſtance une Copie. On ſçait encore que l'Auteur n'a jamais aſpiré au don de Prophétie, ni dans le cas particulier à tirer avantage de l'événement.

LE RAT ICONOCLASTE

OU

LE JÉSUITE CROQUÉ.

P O Ë M E.

CHANT PREMIER.

CHARMANT Auteur dont la Muse facile
Sçait annoblir le plus bizarre objet,
Et s'égayant sur un mince sujet,
Y réunir le plaisant & l'utile,
Toi qui rendis si fameux par tes Vers
Le Perroquet des Dames de Nevers,
Guide mes pas, je vais suivre tes traces:
Enseigne-moi l'art d'enchaîner les graces

A

Au ftile aifé de la narration,
L'art de tracer de riantes Peintures,
Enfin celui de coudre aux aventures
Une agréable & noble fiction.

 Je vais chanter un Directeur de Nones
Et l'amour pur que dans leurs chaftes cœurs
Gardoient pour lui ces faintes Amazones,
Et quel revers en troubla les douceurs ;
Ah ! trop d'amour entraîne trop d'allarmes,
Combien un Rat leur fit verfer de larmes,
Quand animé d'un coupable appétit,
L'Iconoclafte (1) en fon aveugle rage
du faint Pafteur ofa brifer l'Image !
A ce penfer le cœur encor frémit,
Qui l'auroit cru? Mais un coup fi terrible
N'eft pas moins vrai pour être plus horrible.

 Dans ce climat par fes vins fi fameux
A D*** même étoit un Monaftère
Où, fous les loix d'une Régle févère
Nombre de Sœurs couloient des jours heureux;
Du Mont - Carmel le vocable pieux
Les avoit fait apeller *Carmélites* :

(1) Qui brife les Images. Ce nom fut donné à une
Secte qui vouloit détruire le culte des Images.

Ce n'étoit point de ces Sœurs hypocrites
Qui de leurs vœux déteſtant le pouvoir
Portent toujours un air ſombre au Parloir,
Penſent qu'il eſt d'une vertu profonde
De condamner, ou de plaindre le Monde,
Et devant vous par un zèle brutal
Se font du rire un péché capital ;
Non, celles-ci plus ſages & moins fiéres
Au fond du Cloître étoient vraiment auſtères,
Mais la gayté régnoit en leurs propos
Point de ſoucis ne troubloient le repos
Qu'elles goûtoient en cette ſolitude,
La piété, l'exemple & l'habitude
Adouciſſoient leurs pénibles travaux,
Très-peu de ſoins, ſi ce n'eſt ſoins dévots :
Bons revenus, & pour la conſcience
Un Directeur tendre ſans tolérance,
Rien n'étoit mieux que dans cette Maiſon
Où l'on avoit depuis nombre d'années
Toujours vêcu de la même façon :
Mais tôt ou tard changènt les deſtinées.

L'on étoit près de ce jour ſolemnel,
Cher aux Chrétiens, que l'on nomme *Noel,*
Pour dignement en célébrer la Fête,

Avec fracas au Couvent l'on s'aprête,
L'Autel fe pare, & l'Eglife, & le Chœur;
C'eft à qui plus montrera de ferveur;
Le tout fini, par un furcroît de zèle,
On veut encore une crêche nouvelle;
C'eft un ufage, & puis ces dévots riens
Sont de la Foi les plus fermes foutiens
Pour les efprits dont la foible lumiere
Au merveilleux adreffe fon encens,
Hommes noyés dans l'épaiffe matière,
A qui la Foi ne vient que par les fens.
  Mais revenons à l'Étable miftique,
L'ENFANT-JESUS pour plus de vérité
Y fut placé dans un berceau ruftique,
L'âne & le bœuf furent mis à côté
Pour completter le tableau fymbolique,
Jofeph après, le Patron des maris,
Près du Poupon & puis la Vierge mere,
Et les Bergers faintement ébahis;
Ces Rois enfin qu'un aftre falutaire
Avoit guidés jufques en ce pays,
Et l'un des trois, ainfi que dit l'hiftoire,
Venu d'Affrique étoit de couleur noire:
En peu de tems on achéve & déja

Tout étoit fait quand Mere Agnus entra ;
Ses longs travaux, ses conseils, ses services,
Ses douces mœurs, cet art de captiver
L'esprit sans brigue & le cœur sans blandices
Tout récemment l'avoient fait élever
Au grand Emploi de Mere des Novices ;
C'étoit au fond digne fille en Jesus,
Mais qui péchoit souvent par trop de zèle :
Peu de talens & beaucoup de vertus
Touchent de près aux plus tristes abus,
Surtout depuis sa dignité nouvelle,
Agnus vouloit tout voir, tout corriger,
La Crêche faite, il en falloit juger :
Elle vient donc, elle voit, elle admire ;
Tout en est bien, c'est de cette façon
Que ménageant le droit de contredire
Elle sçavoit préparer la leçon.
Elle resta quelque tems en silence,
Puis débutant d'un ton de véhémence,
Les mains au Ciel, elle tint ce discours :

O cheres Sœurs ! faudra-t'il que toujours
Chez nous l'usage ait autant du puissance,
Que tout ici soit soumis à sa loi,
Qu'il régle tout jusques aux points de Foi,

A 3

Et qu'il foit dit que chez les Carmélites
Aux vertus même il marque des limites :
Quoi ! parce que les crêches de tout tems
A ce cortége auront été réduites,
On ne pourra par la fuite des ans
Rien ajouter au nombre qui compofe
La Cour de Dieu près de fon faint berceau,
Et vous croyez que l'Éternel s'oppofe
A ce qui naît d'un motif auffi beau ;
Se pourroit-il ? Non, lui-même m'infpire,
Or écoutez ce que je vais vous dire.

Lors effuyant du bout de fon bandeau
Son front humide & fon vifage en eau,
Elle s'arrête afin de prendre haleine,
Et cependant tout l'Auditoire ému
Sans dire mot demeuroit fufpendu ;
Mais ce beau feu, cette onction foudaine
Qu'une ame forte éprouve & qui l'entraîne,
Ne laiffa point refpirer l'Orateur :
Pour honorer le divin Rédempteur,
Réuniffons, dit-il, en cette enceinte
Tous ces Élûs que l'Ange conducteur
A raffemblé dans une Maifon Sainte ;
Sous l'étendart d'un pieux Fondateur ;

Là nous mettrons un Moine de chaque Ordre,
Là les Nonains, tous y feront vêtus
Comme il convient, fuivant leurs Inftituts,
En froc, en voile, & crainte de défordre,
Sans s'occuper de leur célébrité
On les mettra par rang d'antiquité.
Qu'en penfez-vous ?... A ces mots qu'elle
   acheve,
Un bruit confus dans la troupe s'éleve,
On fe regarde, & d'un air interdit,
On s'interroge, enfin l'on aplaudit ;
Sans examen, la chofe eft terminée,
Et déformais la troupe embéguinée,
Pour ce projet dans l'admiration,
Ne fonge plus qu'à l'exécution.

CHANT II.

AH! Qui pourroit se vanter de suffire
A raconter les soins industrieux,
Et les travaux , & l'art minutieux
de tant de Sœurs ? Contentons-nous de dire
Qu'il s'agissoit d'un ouvrage pieux ;
Tout y travaille , & Novices & Meres ,
& Sœurs de peine , & doucettes Toürieres ;
Le tems pressoit , mais le zéle étoit tel
Qu'on oublioit jusques au temporel ,
Qu'on se plaignoit quand l'heure de Matines ,
Ou des repas , ou même du coucher ,
A ce travail forçoit de s'arracher.
Ce fut au point que la jeune Clarice
Laissa manquer ses Moineaux si chéris ,
Et qu'oublié de la Mere Sulpice
Matou-mignon de ce revers surpris ,
Se vit contraint , quoiqu'en cet art novice ,
Pour subsister de guetter des souris ;
Même l'on dit qu'en ce tems aux Matines
L'on négligea maint & maint *Oremus* ,
Et qui pis est , que par les Sacristines

Ne fut un foir point fonné d'*Angelus*.
C'étoit fans doute un funefte préfage,
Qui devoit faire abandonner l'ouvrage,
Mais loin de là, fans crainte & fans terreur,
On continue, on redouble d'ardeur ;
Sous tant de mains cependant il s'avance,
Douze Nonains, & vingt petits Frocards
Sont déja faits en telle reffemblance,
Qu'en les voyant, mille malins brocards,
Sont infpirés aux Novices émues ;
Pour completter le Papal Efcadron
Il faut encore prefqu'autant de Statues,
L'on met en jeu le plâtre, l'amidon,
Les Saints de bois, & jufques au Patron,
tout dans l'inftant au gré des Statuaires
Prenant un Voile, ou bien un Capuchon,
Change de fexe, & de mine, & de nom,
Qui le croiroit ? *Agnus* & Reliquaires
Sont dépouillés de l'aveu de nos Meres,
Rien n'eft facré quand l'ufage en eft bon.

Mais fans quitter ce faint laboratoire,
Mufe, prenons un plus grave pinceau,
Prenons un ton plus conforme à l'hiftoire
Dont j'ai promis de tracer le tableau.

Il fut un tems, ou, chez les Carmélites
Avec refpect gardant encor l'efprit
Du Cardinal (1) qui les mit en crédit,
L'on ignoroit jufqu'au nom des Jéfuites,
Malgré le Carme & fon zéle infolent (2)
De l'Oratoire un Eleve fervent
Étoit alors leur Apôtre & leur Guide ;
Mais pour le choix d'un Directeur prudent,
Comme aux objets où la mode préfide,
Le bruit, le nom, la nouveauté décide,
Chez les Nonains, c'eft le point important ;
Leurs entretiens n'ont point d'autre matière ;
L'un eft vanté pour ce vifage auftère,
Ce teint blafard & ce regard mourant,
Qui font frémir le cœur d'un pénitent ;
L'autre eft prôné pour être moins févére ;
Oh ! Mes enfans, connoiffez votre erreur,
Dira foudain la Mere Bafiliffe,
Qui depuis peu, foit ennui, foit caprice,

(1) Le Cardidal de Bérulle a amené les Carmélites en France en 1603, & fondé en 1613 la Congrégation de l'Oratoire.

(2) Les Carmes revendiquerent contre Bérulle la direction des Moniales, & foutinrent que le Pape ne pouvoit la donner qu'aux Moines du même ordre. *Bayle art. Bérulle, & Antibafilic.*

Aura quitté fon ancien Pasteur,
Voulez-vous prendre un digne Confesseur ?
Prenez le mien, c'est un Saint, c'est un Ange,
Il faut l'aimer, malgré que l'on en ait ;
Et l'aime-t-on ? On est bientôt parfait :
Pour le péché fon horreur est étrange,
La moindre faute à tel point lui déplaît,
C'est l'offenser, hélas qui le pourroit ?
A mon devoir c'est ainsi qu'il me range.
Son air inspire une douce onction,
Il est tout cœur & fa main généreuse
Seme de fleurs cette route épineuse
Qui nous conduit à la perfection :
Jamais aigreur, reproche, ni rudesse,
A-t-on bien fait ? Cette fainte allégresse,
Ce plaisir pur qui fur fon front facré
Brille & fe peint avec tant de noblesse,
En est pour l'ame un prix prématuré :
Est-on coupable ? Il plaint notre foiblesse,
Prêche, raffure, & gronde avec tendresse.

A ce récit chacune en veut juger,
Soudain y court, foudain aussi le quitte,
Si de quelqu'autre on vante le mérite,
Pour trouver mieux rougit-on de changer ?

Toujours au choix d'un Médecin habile,
Le moins malade eſt le plus difficile :
Et le déſir d'avoir un bon mari
Cauſe bien moins aux Filles de ſouci,
Que n'en apporte à de pieuſes femmes
L'utile choix du Recteur de leurs ames.

Quoiqu'il en ſoit, autre ſiécle, autres mœurs :
Le Janſéniſte avoit cédé la place,
Et dès longtems un Diſciple d'Ignace (1)
Dirigeoit ſeul toutes nos chaſtes Sœurs ;
Qui ne prévoit qu'en la crêche nouvelle
Il devoit être en un rang éminent ?
Auſſi fut-il : & le Ciſeau fidéle
D'Ange Selodrs (2) ce nouveau Praxitele,
Ne l'auroit pu faire plus reſſemblant ;
Il fut ſculpté ſur un bloc, non de plâtre,
De marbre blanc, de ſtuc-morne ou d'albâtre,
Mais ſur un bloc avec ſoin préparé
De ſucre fin par trois fois épuré.

Tel qu'un Geant entouré de Pigmées,
Il ſurpaſſoit tous les autres Profès,

(1) Ignace de Loyola Fondateur des Jéſuites.
(2) Fameux Sculpteur qui a fait entr'autres beaux
Ouvrages le Mauſolée de M. Languet à S. Sulpice.

Qui près de lui groffiers & contrefaits,
N'auroient femblé que d'informes Poupées,
Ou tout au plus de petits Marmoufets ;
Ses yeux, fa bouche étoient d'après nature,
Son teint fleuri, fes fourcils élevés,
Ses cheveux courts fans art bien arrangés,
Ses doigts bénis avec grace allongés
Sembloient en l'air tracer cette figure
Qui des péchés efface la fouillure ;
Son noir bonnet d'un angle déparé,
A ce qu'on dit, jadis pour flétriffure,
Par tolérance aujourd'hui réparé,
Formoit fa taille en preffant fa ceinture,
Son feul afpect à l'ame la plus dure
Eût fait fentir cette fainte frayeur
Qu'au Pénitent infpire un Confeffeur ;
& pour finir d'un trait cette peinture,
Il coûta feul avant d'être parfait,
Bien plus de tems, de travail & de peine,
Que tout le refte, & ce fut fans regret
Qu'on y paffa la derniere femaine.

Oh ! toi qui feule en ce féjour facré
Aimois encor les Prêtres de Bérulle,
Toi dont le cœur faintement ulcéré,

Par le défir combattant le fcrupule,
Montroit affez qu'il auroit préféré
Un Directeur moins foumis à la Bulle,
Toi qui fêtois Pâris (1) en ta célulle,
Qu'en penfa-tu, Mere Saint-Auguftin ?
Pouvois-tu voir fans un mortel chagrin,
Qu'on en fit tant à ce fier Loyolifte,
Et qu'à l'oubli par toi feul arraché,
L'Oratorien fon digne Antagonifte,
Dans un vieux bois fut à peine ébauché ?
Dieu ! Quel tourment pour un cœur Janfénifte?
On dit qu'alors cette morne pâleur,
Symbole fûr d'une nature ardente,
Mal trop commun que la contrainte augmente,
dont le reméde au Cloître eft en horreur,
Et qui chez toi ne finit qu'à cet âge
Où la nature approuve le veuvage,
Revint encore effacer ta couleur,
Changea ton teint, & trahit ta douleur.

Hélas ! tandis que retenant tes larmes,
Tu dévorois en fécret ton chagrin,
Tout le Couvent épris du Benjamin

(1) Le Diacre Paris connu par fon zéle pour le Jan-
fénifme.

Te préparoit de nouvelles allarmes :
C'eſt à la crêche où ce malheur t'attend.
Déja nos Sœurs fredonnant un cantique,
Y tranſportoient la Troupe monaſtique.
On court, on vole, & dans moins d'un inſtant
Arrive à port l'heureuſe colonie
Qui, pour groſſir la Cour du ſaint Enfant,
Doit à ſa ſuite être bientôt unie.

    Or il s'agit d'arranger maintenant
En ce ſaint lieu la Cohorte bénite,
Ah! Ce fut lors que le deſtin ourdit
L'affreux complot.... Mais n'allons pas ſi vîte,
Et ſuſpendons un moment ce récit.

CHANT III.

AInsi qu'on voit à la Cour d'un Monarque,
Lorsqu'il se fait une promotion,
Les Favoris, les Courtisans de marque,
De leurs Amis servir l'ambition,
Briguer pour eux, exalter leurs services :
Ainsi l'on dit qu'en cette occasion
Vous eussiez vû les Meres, les Novices,
Chacune à part prôner son Penaillon,
Vanter ses droits ; & jusques à l'Hermite,
Tout Moine là trouva son protecteur,
Qui, s'érigeant en vengeur du mérite,
Briguoit pour lui la place de faveur :
Le plus indigne eut au moins un suffrage ;
Et cependant tant de vœux indiscrets,
Tant de partis, de divers intérêts,
Montroient assez combien il seroit sage,
Sans s'occuper de la célébrité,
De donner tout à l'ancienneté.
A cette Loi, dès long-tems proposée
Par Mere Agnus, il fallut revenir ;

Le

Le bruit ceſſa ; l'on crut la choſe aiſée,
Et ſur ce plan l'on réſolut d'agir.

Mais de nos Sœurs la pieuſe ignorance
Étoit au moins égale à leur prudence :
L'une prétend que l'on doit le premier
Mettre un Chartreux, & l'autre un Cordelier.
Celle-ci veut que le plus ancien Moine
Fût St François, celle-là St Antoine :
C'eſt St Baſile, & puis c'eſt St Benoît ;
Rien n'eſt d'accord, & le trouble s'accroît.

Mere Derlat, Supérieure auſtère,
A qui, d'ailleurs, ſans cette dignité,
Un vrai mérite, un heureux caractère,
Avoient acquis aſſez d'autorité ;
S'appercevant que déja la colere
Enluminoit les viſages dévots,
Cria : Silence ; & tout fut en repos.
Plus d'une Sœur, ſe faiſant violence,
Maudit tout bas le vœu d'obéiſſance :
Mais on ſe tut, & la Mere Derlat
Apoſtrophant la Sœur Dépoſitaire,
Par ce diſcours prévint un coup d'éclat :

Vous qui, dit-elle, au-deſſus du vulgaire,
N'avez point eu de part en ce débat,

B

Et qui fouvent avez dans vos lectures
Mêlé l'Hiftoire aux faintes Écritures,
Soyez ici feule arbitre en ce point ;
Donnez les rangs, réglez les préféances
Sans injuftice, ainfi que vous l'enjoint
La vérité, felon vos connoiffances.
D'un fi beau choix le troupeau fatisfait
N'applaudit pas, mais ce fut par refpect ;
Et cependant la Mere Saint Icare
A fon emploi fans orgueil fe prépare.
Elle avoit lû qu'à Béziers un Docteur (1)
Avoit jadis prouvé que Pythagore
Étoit d'Élie un fervent fectateur ;
Pour quoi tout Carme, aujourd'ui même
    encore,
Se prétendoit oncle du Rédempteur.
Du Carme donc elle prend la ftatue,
Et d'une main faintement réfolue
Au premier rang la place avec honneur.
Incontinent elle met à fa fuite
Le Trinitaire & l'ardent Cénobite,
Le Caloyer, le plaifant Céleftin, (2)

(1) Voyez les Lettres de l'Abbé FAYDIL.
(2) Les Céleftins ont été appellés *plaifans*, parce

Le chaste Serf de la Vierge Marie, (1)

Le Cordelier Bourgeonné par le vin,

Le Moine noir, le gris, le blanc, le pie (2)

Puis un Chartreux, misantrope par vœux ;

Le Théatin, découvrant sa chaussure (3)

Le Capucin, parasite pieux ;

Le Récollet, orgueilleux de sa bure ;

Feuillant, Minime, Hermite, & cœtera.

Vient à son tour l'enfant de Loyola.

La Mere Icare auprès de lui s'avance,

Elle le prend avec impatience,

Elle le fixe, & portant ses regards

Vers cet endroit où la loi lui destine

qu'à Rouen ils payoient autrefois l'octroi de leur boisson en sauts & en gambades.

(1) Religieux plus connus sous le nom de *Servites*, ou de *Blancs-manteaux*.

(2) *Moines noirs*. Les Bénédictins sont ainsi nommés dans tout le Droit Canon.

Le *Gris*. Les Cistériens furent appellés *Moines gris*, par rapport à la couleur de leur cuculle.

Moine blanc, est un Religieux de l'Ordre de Saint Augustin.

Le *Pie*. L'habit blanc & noir de Jacobins les a fait appeller *Moines pies*.

(3) Les Théatins sont vêtus comme les Jésuites ; si ce n'est que leurs bas sont blancs. En certains tems ils affectoient de les montrer.

Un rang obscur après tant de Frocards,
Elle en gémit, & son ame chagrine
Laisse à la fin échaper un soupir,
Que sa douleur ne peut plus contenir.
Toutes nos Sœurs, qu'un même zéle guide,
Lui font chorus ; & cet hélas timide
De tant de voix tout-à-coup appuyé,
Est par le nombre enfin justifié.
Par ce début justement enhardie :
C'est donc en vain, s'écria Sœur Élie,
Que de cet Ordre Ignace fondateur
Le décora d'un titre si flateur ;
C'est donc en vain qu'à ce vocable illustre
Tant de vertus ajoutent tant de lustre ;
Divin Jesus ! Ce Pasteur si vanté ;
Ce Membre heureux de ta Société,
En ce grand jour perdant son privilége,
Sera réduit à grossir ton cortége !
Non. . . . . A ce mot, pénétré de son tort,
On l'interrompt, & d'un commun accord
Tout le Couvent la conjure, l'invite,
La charge enfin de placer le Jésuite.

Ainsi l'on dit qu'au Palais de Thémis,
Quand tout-à-coup un Sénateur habile

Sur un litige ouvre un nouvel avis ;
Tout le Conseil, avidement docile,
En sa faveur opinant du bonnet,
Le charge seul de rédiger l'arrêt.

Écharpe en main, cependant, Sœur Élie
Saisit déja le Directeur sucré,
Le montre à tous, & d'un pas mesuré
Par le respect & la cérémonie,
Va le porter près du berceau sacré ;
Elle l'y place, & tandis qu'on l'admire,
Que sur lui seul tombent tous les regards,
La Mere Icare acheve sans mot dire,
Et d'une main que le Dieu des hazards
guidoit, d'accord avec l'impatience,
Place à la hâte & Nonains & Frocards :
Plus d'examen & plus de préférence.

Tel un Joueur, lorsque sur l'échiquier
Il a rangé les pieces principales ;
Le roi, d'abord, le fou, le cavalier,
Celles enfin aux marches inégales ;
Il prend les pions, & sans autre dessein,
Préfere ceux qui tombent sous sa main.

CHANT IV.

IL étoit nuit, & ces Filles divines
Sur leurs grabats, à force de travaux,
Alloient goûter en attendant matines
Quelques inſtans d'un pénible repos,
Quand la Déeſſe aux mécontens propice,
Des offenſés ardente protectrice,
Fixa ſon vol ſur la ſainte Sion.
Que vois-je ici ! dit l'*Indignation*,
Jettant les yeux ſur la Crêche nouvelle ;
Quoi ! c'eſt ainſi qu'animé d'un faux zéle,
De l'Équité renverſant tous les droits,
Au premier rang, par un injuſte choix,
L'on a placé ce hautain Moliniſte ;
Tandis qu'au loin, ſous l'habit Janſéniſte,
Le vrai mérite & l'humble piété
Sont outragés avec indignité !
Je l'aurai vû, cet attentat horrible,
Et je pourrois le laiſſer impuni !
J'aurois en vain ridé mon front terrible,
Bérulle ; en vain j'aurois pris ton parti ;

Au même affront tu resterois en proie !
Qui suis-je donc ? Elle dit ; & d'un cri
Qui fait frémir l'écho qui le renvoie,
Et qu'au Ciel même apporte tout entier
Le calme affreux du nocturne silence,
A son secours appelle la *Vengeance* ;
Et celle-ci, telle qu'un Épervier
Qui plane en l'air & suit un chien qui guette
Jusqu'au moment qu'éventant son gibier,
Le Braque instruit, brille, marque, l'arrête ;
Et le forçant à quitter le hallier,
Le livre enfin à son bec meurtrier :
Ou telle encor qu'un Levrier agile,
Impatient, attend que le Limier
Ait découvert le Liévre en son asyle ;
Le suit de l'œil, l'observe en ses détours,
Fait avec lui mille & mille contours,
Et dans l'instant qu'il reconnoît sa proie,
D'un pied léger fond sur elle avec joie.

    Telle déja la Vengeance aux aguets,
Tenant en main flamme & fer toujours prêts,
Vers le Couvent voloit à tire-d'aîle ;
Elle s'approche, & saluant sa sœur :
Qui frapperai-je en ces lieux ? lui dit-elle,

Parle ? déja l'excès de ta douleur
De deux inftans fait grace à l'offenfeur.
Guide mes coups ; ta compagne fidéle
Pour te fervir n'eut jamais tant de zéle.

J'en ai befoin, dit l'Indignation :
Ce n'eft ici de ces crimes vulgaires,
De ces forfaits dont l'expiation
Peut fe tenter par des coups ordinaires :
Divine fœur ! de ce qu'il faut ofer
Toi-même, hélas ! tu vas être effrayée ;
Mais cette ardeur tant de fois effayée
Me promet tout ; je dois m'y repofer :
Il faut venger un facrilége infigne,
Et c'eft au nom de la Religion
Que je t'implore en cette occafion.
Tu vois, il faut que le coup en foit digne ;
Arme-toi donc contre les criminels,
Et ne crois pas que l'horreur du fupplice
Puiffe jamais excéder ta juftice :
Que fa grandeur étonne les Mortels ;
Qu'au feul récit la Nature en frémiffe ;
Ce n'eft qu'ainfi qu'on venge les Autels :
Prend cet efprit & ce mâle courage
Qui dans ces jours fameux par le carnage,

Que l'Univers rappelle avec horreur,
Guidoit ton bras, & pour un moindre crime
Sçut t'enflammer d'une noble fureur.
Mais c'en est trop, sur ton front maghanime
Je vois déja renaître cette ardeur.
Regarde donc & connois ta victime,
Prés du berceau de l'Enfant Rédempteur,
Au premier rang, à la place d'honneur;
Vois sous les traits d'une fière Statue...
Frappe... A ces mots la Vengeance éperdue,
Reconnoissant le Moine à son habit,
S'approche encor, se retire, frémit;
Puis de ce ton que la terreur inspire:
Quoi! j'armerois, reprit-elle à l'instant,
Contre un Héros si cher à mon Empire,
Qui tant de fois, par un charme éloquent,
Rendit la force à mon bras chancelant:
Lui! ce Sujet si zélé pour ma gloire,
A qui je dois mainte & mainte victoire,
Le trahissant, ce seroit me trahir;
Qui, désormais, oseroit me servir?
Elle se tait; mais l'ardeur de mal faire
Vient tout-à-coup ranimer sa colere;
Son front se ride, & le fer assassin

Alloit percer le fantôme divin ;
Lorsqu'entr'ouvrant une foible paupiére
Sa Sœur le vit, & changeant de deffein,
Tout en louant ce zéle fanguinaire ;
D'un gefte adroit retint le bras vengeur
Dont elle alloit quereller la lenteur.

Laiffe, dit-elle, avec un fier fourire ;
Laiffe ce fer ; dans une mer de fang
Cours abreuver fon avide tranchant ;
Exerce-le fur tout ce qui refpire ;
C'eft-là, ma Sœur, que fon pouvoir eft grand :
Mais quand il faut d'un Sectateur fervent
Brifer l'idole, ou plutôt la détruire,
Il ne peut rien : Sous fes coups redoublés
L'Idole en vain tomberoit en pouffiére,
Le Fanatique épris de la matiére,
Révéreroit fes membres mutilés :
Hélas ! en vain la flamme dévorante
Auroit détruit ce Simulacre faint,
Auroit changé fa ftructure impofante ;
Je le fçais trop ; de fon bucher éteint
Avec refpect les cendres retirées,
Seroient bien-tôt fur l'autel adorées.
Prévenons donc cet attentat nouveau ;

Qu'un estomach soit le digne tombeau
Où, par les loix de l'active Nature,
Ce monument d'une injuste ferveur
Perde à jamais son nom & sa figure,
Et cet éclat que lui donnoit l'erreur :
Ceux même alors, ceux dont il est l'ouvrage,
Tu les verras, le front teint de rougeur,
Se repentir d'un criminel hommage.
Si tu m'en crois, de ce pas, chere Sœur,
Allons trouver la divine Édésie ; (*)
A ce dessein qui peut mieux nous servir ?
Je réponds d'elle ; & pour la sucrerie
Son goût constant l'eût fait nous prévenir
Si le hasard eût à sa friandise
Fait entrevoir cette Figure exquise.
Viens donc ; allons. Elle dit ; elle part.
Du même espoir la Vengeance animée,
Pour applaudir jette loin au hasard
Son glaive inique & sa torche enflammée ;
Et toutes deux, plus promptes que l'éclair,
Prennent leur route aux campagnes de l'air.

(*) *Edésie*, Déesse de la Gourmandise.

CHANT V.

LOIN du clocher du sacré Monastère,
Loin du tumulte, en un lieu solitaire,
Il est un Temple au plaisir consacré :
Plaisir permis, ou du moins toléré,
Parce qu'on lit dans la Sainte Ecriture,
Que tels qu'ils soient, les alimens du corps
Ne causent point à l'ame de souillure.
C'est-là surtout qu'on le dit sans remords,
Quand à midi, l'heure la plus propice,
L'airain bruyant appelle au sacrifice,
Et que déja d'un potage excellent
Aux environs la saveur se répand.

Ah ! Quel mortel, quel zèlé ! du portique
Toujours constant en son dégoût stoïque,
Pourroit fixer d'un œil indifférent
De tant de mets le spectacle friand ?
Et du Cynisme abjurant la manie,
N'embrasseroit le culte d'Edésie ?
O culte heureux ! O peuple fortuné !
Dans ce saint Temple à vivre destiné,

Vous n'immolez que d'exquifes victimes,
Les confumer, voilà toutes vos loix,
Et parmi vous, c'eft le plus grand des crimes
D'en négliger ou le nombre, ou le choix.

Mais de pécher qu'il vous eft difficile,
Le bon gibier habite vos côteaux,
Le bon poiffon fe nourrit dans vos eaux,
Et près de là fur un tertre fertile,
Croît à grand frais l'arbufte précieux
D'où tous les ans, découle ce breuvage,
Ce pur Nectar, ce jus délicieux,
Tel que fouvent en la célefte plage
Le fils de Tros n'en verfe point aux dieux.

Ce lieu chéri des enfans d'Épicure
N'eft point fameux par fon architecture,
On n'y voit point de dehors faftueux,
Point au dedans d'ornemens fomptueux,
Tout en eft fimple, & fur fon apparence
Il femble moins un lieu de volupté,
Qu'un vrai réduit, féjour de pénitence,
Auffi, dit-on, que par la piété
Ce Temple fut autrefois habité ;
Ce tems n'eft plus, la Déeffe Édéfic
Dans cet enclos tient aujourd'hui fa Cour,

Et ſi par fois ailleurs on la convie,
Pour préſider au feſtin d'un grand jour,
Elle s'y rend, mais bientôt de retour,
Elle n'a point de plus ſtable ſéjour;
Ainſi ce fut en cet heureux aſile,
Que la vengeance & l'indignation
Vinrent d'abord comme en ſon domicile;
Mais de Noel ce jour étant vigile,
Suivant le Rit de l'antique Sion,
Qu'un vieux reſpect maintient encore à peine,
Contre les cris d'une feinte migraine
L'on y faiſoit alors colation:
En ſoupirant, la troupe famélique
Se contentoit d'un repas Catholique.
A cet aſpect, le couple féminin
Connut d'abord l'abſence d'Edéſie,
Maudit le jeune, & dans ſa frénéſie
Incontinent prit un autre chemin.
Il ſeroit long de décrire ſa route,
Et de narrer combien d'Hôtels fameux,
Lieux de plaiſance & Palais ſomptueux
Il parcourut, vous concevez ſans doute
Qu'il n'oublia ces ſuperbes ſallons
Où la Finance étale ſa richeſſe,

Ni ces jardins, ces petites maisons,
Temples sécrets d'amour & de molesse,
Où de l'himen éteignant les brandons,
L'Epoux trompeur régale sa Maîtresse ;
Ce fut envain, & le couple pervers
Ne trouva rien en tant d'endroits divers.
En murmurant il poursuivoit sa course
Prêt à tenter sa dernière ressource,
D'un vol rapide il traversoit les airs,
Quand une odeur qui perce le nuage
Vient tout-à-coup le saisir au passage.

Lors la Déesse au front pâle & sournois,
Suspend son vol, s'arrête avec surprise,
Savoure encor cette fumée exquise,
Et reprenant le courage & la voix,
Divine sœur, dit-elle, à la Vengeance,
Voici le but enfin de nos travaux ;
Au bas de nous, en cette cour immense,
Si de mes sens le jugement n'est faux,
On porte un mets d'un telle excellence,
Qu'aujourd'hui même il doit être inventé,
Par Edésie, & pour elle apprêté :
Çà descendons, elle dit, & leurs aîles
Incontinent se resserrent sous elles,

Un mouvement vers la terre panché,
Porte en un point tout l'effort de leur masse,
Et le fluide avec force ébranlé
Céde en sifflant au poids qui le déplace :
Le couple arrive, & sans perdre un moment
Court à grands pas vers le ragoût fumant ;
Mais le jugeant à sa maigre apparence,
Oh ! Quelle erreur, s'écria la Vengeance,
Des Haricots ! Ce grossier aliment
Est le fléau de l'appétit gourmand,
Cherchons ailleurs... sa Compagne obstinée
Sans dire mot consulte la fumée ;
Mais pour juger plus elle fait d'effort,
Moins elle peut mettre ses sens d'accord ;
Si par l'odeur elle se détermine,
C'est à coup sûr chef-d'œuvre de cuisine ;
Et de ses yeux croit-elle le rapport,
Son nez la trompe, & sa sœur n'a pas tort :
Que faire donc ? Tandis qu'elle balance,
Le ragoût fuit, le Marmiton s'avance :
Ah, c'en est trop ! Finissons ce débat,
Dit la Déesse, elle court vers le plat,
Elle l'atteint, & sans être apperçue,
Jusques au fond y plonge cette main

Dont

Dont la sueur trop semblable au venin
Couvre en tout tems la surface velue.

Ce ne fut point par sensualité,
Mais le plaisir qu'avec peine elle goûte,
Par le secours de la malignité
Sçut de son cœur enfin s'ouvrir la route,
Et la surprise en redoubla l'excès ;
Lorsque portant sa main à son palais,
Au lieu d'un dur & farineux légume,
Elle trouva des rognons de Poulets ;
C'étoit au vrai le mets que de coutume,
A pareil jour se faisoit préparer,
En grand secret, un Chef de Cathédrale,
Homme dévot, ennemi du scandale,
D'une santé facile à s'altérer ;
Et qui rempli de zéle & de prudence
Se confortoit pour prêcher l'abstinence :
Le saint Pasteur ne le soupçonnoit pas,
Mais Edésie étoit de ses repas,
Toujours aux fins d'Avent ou de Carême,
Et dans ces jours où son Temple lui-même
Est dépeuplé par la devotion :
Elle y venoit , & l'indignation
N'eut pas plutôt senti la bonne chere,

C

Que découvrant tout le dévot myſtére :
Elle eſt ici, dit-elle avec chaleur,
Puis par un ſigne elle appelle ſa Sœur,
Et ſur les pas du ragoût hypocrite
Dans le palais ſoudain ſe précipite.

　　Près du jardin, loin des appartemens,
Eſt un ſallon de moderne ſtructure,
La Volupté pour un Fils d'Epicure
En fit, dit-on, jetter les fondemens,
Et la Molleſſe oubliant ſa nature,
De ſa main même en traça la figure.
On n'y voit point ces riches ornemens,
Qu'avec orgueil, la froide architecture
Seme en tous lieux ſans choix & ſans meſure ;
Mais il n'y manque aucuns des agrémens,
Qu'ont inventés dans leurs rafinemens
L'amour de l'aiſe & la molle luxure.

　　L'art en tout tems maître des élémens
Y fait ſentir même température ;
Pendant l'hyver, dans un fourneau d'airain,
Qu'un blanc émail décore & rend plus ſain,
Eſt un foyer, d'où nuit & jour s'exhale
Une chaleur, qu'un Thermométre en main,
Le *Boutefeux* doit maintenir égale ;

Les murs alors, les meubles, les parquets,
Sont revêtus de Martre Afiatique,
Et des parfums l'encens aromatique,
Épure l'air qui ne change jamais.

C'eft là, qu'affis fur l'Ouatte élaftique,
Jufqu'au fouper le Prélat pacifique
Livroit fes fens au plaifir du repos,
Et fon efprit à cette quiétude
Qui n'appartient qu'aux Stoïques Dévots.
Vous euffiez dit, voyant fon attitude,
Qu'il méditoit & dormoit tour-à-tour :
Dans fa main gauche étoit un Bréviaire,
Que le matin fon prudent Sécrétaire,
Avoit ouvert à l'Office du jour.
L'autre fouvent d'un gefte involontaire
Du Livre faint retournoit les feuillets,
Trois gros couffins mis fous fes pieds douillets,
En fupportoient la maffe appéfantie,
Et le reftant de ce triple carreau
De l'embonpoint de la large Édéfie,
En gémiffant foutenoit le fardeau.

A fon gros ventre, à fa vafte carrure,
Ses longues dents, fa bouche outre mefure,
A ces grands yeux où l'appétit eft peint,

A ces soupirs qui s'exhalent sans cesse,
Avec odeur, d'un estomach trop plein,
Sa peau luisante, & son livide teint,
Qui des gourmands n'eut connu la Déesse ?
Elle machoit pour amuser le tems
D'un entremets les débris succulens,
Lorsqu'un bruit sourd fait retentir la porte,
C'est le souper qu'au Prélat on apporte ;
On ouvre, il entre & soudain avec lui
Dans le salon la vengeance entre aussi.

Les yeux en feu, la Déesse attentive,
Cherche partout l'immortelle Convive :
Elle la trouve, elle la reconnoît,
Elle frémit de joye à son aspect,
S'approche enfin, & lui tient ce langage :
Que fais-tu là, tandis que l'on t'outrage,
Et qu'arrachant l'encens de tes Autels,
D'un bloc choisi de fine sucrerie
L'erreur élévé une idole aux mortels ?
Viens te venger. La tremblante Édésie,
La bouche encore pleine d'un macaron,
Avec effort avale, & puis répond :
O Déité que le monde redoute !
Je te sçai gré d'un zéle qui sans doute

Ne te vient pas de mes seuls intérêts ;
Quoi qu'il en soit, je te suis, mais écoute ;
De ce moment que je jouisse en paix :
Soupons d'abord, nous partirons après.
A ce discours, à cette nonchalance,
Je te connois, répartit la Vengeance,
D'un bon repas rien ne peut t'arracher ;
Ce mets friand dispose de ton être,
Mais je sçaurai le faire disparoître . . . .
En achevant elle fait trébucher
Le Marmiton, qui d'une main tremblante
Portant encor le soupé succulent,
Malgré ses soins, sa démarche prudente,
Ne put parer ce funeste accident ;
Le plat chancele, il tourne, il se renverse,
Chaque morceau par son poids emporté,
Frappe la terre & jaillit de côté ;
La sauce au loin s'étend & se disperse,
Le plat ressaute avec frémissement,
Retombe, roule, & du jus qui dégoute
Trace en marchant un cercle sur sa route,
Puis par degrés perdant son mouvement,
Se fixe enfin par un long tremblement.
  Le Laboureur éveillé par l'orage,

Qui de la nuit contemple le ravage ;
Le Commerçant, qui voit périr au port
Le bâtiment chargé de son tréfor ;
L'Avare, enfin, foupçonneux & timide,
Qui revenant pour compter fes écus,
En arrivant trouve fon coffre vuide,
Eft moins furpris, moins glacé, moins confus
Que ne le fut le dévot perfonnage,
En contemplant la chûte & les débris
Du feul ragoût qu'il s'étoit cru permis :
Il pleure, il crie, il invoque en fa rage
Le Nom de Dieu, qu'il n'ofe blafphémer.
Chacun d'abord s'empreffe à le calmer ;
Mais c'eft en vain. Le Marmiton, plus fage,
Veut fur le champ réparer le dommage :
Prélat, dit-il, point tant d'émotion,
J'ai ce qu'il faut pour vous faire un potage
Avec des œufs à la Trimalcion (*).
A ces doux mots le Prélat en filence
D'un tel fecours bénit la Providence,
Au Marmiton applaudit d'un coup-d'œil,

(*) Ce ragout fe fait, en mettant dans une coquille d'œuf artiftement rajuftée un Becfigue nageant dans un coulis de couleur d'œuf tourné. *Petrone, repas de Trimalcion.*

Puis mollement retombe en son fauteuil.

Lors la Vengeance, endurcie aux malheurs,
Prête à tenter de plus dignes forfaits,
Saisit au bras la rébelle Édésie
Et la conduit hors des murs du Palais.

Ainsi l'on voit un Précepteur rigide
Briser aux yeux du Disciple timide
De son plaisir les frêles instrumens,
Le quereller de ses égaremens ;
Et cependant qu'il pleure & se désole,
Sans l'écouter le conduire à l'École.

CHANT VI.

SUR l'horifon déja l'aube du jour
De la lumière annonçoit le retour,
Déja Phœbus par un rayon oblique
Avoit franchi le fommet de l'Afrique, (1)
Et revoyoit en ces vaftes climats
Les Ceps vineux dormans fous les frimats ;
Dans le Couvent l'exacte Sacriftine
Avoit fonné le moment du réveil,
Et chaque Sœur de la troupe Béguine
Frottant fes yeux, pour dompter le fommeil,
Alloit au Chœur prier Dieu par routine,
Quand près des murs de la fainte Cité
Arrive enfin la vengeance effrénée ;
Elle s'arrête & fixe avec fierté
Cette demeure aux Vertus confacrée.
A dix pas d'elle Edéfie effouflée
La fuit à peine & voit avec chagrin
Que cette fois fa route eft achevée,
Sans avoir fait une halte en chemin :

(1) Haute Montagne de la Bourgogne.

Elle rejoint pourtant l'autre Déeffe,
Sans témoigner ni défirs, ni trifteffe :
Mais découvrannt ce fuperbe jardin,
Rendu fécond par la main des Nonnettes,
Pour les plaifirs du délicat mondain. (1)
Ah ! c'eft, dit-elle, en ces feules retraites
Qu'au gré d'un art qui veille jour & nuit
Même avant Juin la fraife fe rougit ;
C'eft là qu'on cueille avec foin ces reinettes,
Dont la couleur jamais ne fe flétrit,
Et dont le goût à la feconde Autonne
Egale encor celui du nouveau fruit ;
Que n'eft-ce hélas ! la faifon de Pomone ?
Un long foupir termine, non fans bruit,
Ces triftes mots dictés par l'appetit.

Tel un Berger à l'afpect du Bocage
Ou convaincu du plus tendre retour,
Il fçut enfin enhardi par l'amour
De fon bonheur cueillir le premier gage,
Soudain en lui fent naître des défirs ;
Et le voyant dépouillé de feuillage
Avec douleur renonce à des plaifirs

---

(1) Les Carmélites vendent beaucoup de fruits dans
leur primeur, & des fruits d'Hyver lorfque la faifon eft
avancée.

Que ne peut plus protéger son ombrage.

   Mais la vengeance entière à son projet,
Que jamais rien n'arrête & ne diſtrait
Pouſſe en jurant la tardive Edéſie ;
Comme un Anier paſſant par la prairie
Le bras armé d'un énorme bâton
Preſſe un baudet que tente maint chardon.
Elle obéit, maudiſſant le voyage
Et retrouvant dans un accès de rage
Une vigueur qu'elle n'eſpéroit pas,
Droit à la Crêche elle porte ſes pas.

   Or, en ce lieu les modeſtes Novices
Prioient alors, car depuis le moment
Où fut conſtruit ce pieux Monument,
On y faiſoit ſes chrétiens exercices ;
Vous euſſiez dit que les Saints immortels
Avoient promis de s'y rendre propices,
Pour y courir on quittoit leurs Autels.
Peut-être hélas ! que cette ardeur extrême
N'avoit pour but que la Crêche elle-même,
Tant il eſt vrai que pour de foibles cœurs
L'objet n'eſt rien ſi l'image n'eſt belle,
Et que toujours inſpirant plus de zèle,
Le nouveau Temple a plus d'Adorateurs.

Du déjeuner l'heure jadis trop lente
Apelle envain par sept coups de marteau
Au Réfectoir cette troupe fervente,
Elle ne peut quitter le saint Berceau.
La Mere Agnus à qui le Monastère
Laisse le soin de ce chaste Troupeau
Ordonne envain de finir la Priere;
On lui demande encore à méditer,
On la supplie, eh! comment resister?
C'est à la Crêche où ce pieux hommage
Doit s'adresser, la Crêche est son ouvrage:
Elle y consent, & repaissant son cœur
D'un sot orgueil, sans se croire moins sage,
Elle les laisse en proie à leur ferveur.

Lors dans un coin la vengeance placée,
En attendant le quart-d'heure fatal,
Observoit tout & creusoit sa pensée,
Sur les moyens de faire plus de mal.
De Mere Agnus l'absence la décide,
Elle s'avance, & d'un geste rapide,
Montrant l'objet qui trouble son repos,
A sa Compagne elle adresse ces mots:
Ne pense pas que ma fureur destine
Ce simulacre à ta bouche divine.

Non ce deſtin ſeroit encor trop beau,
Je lui réſerve un moins noble Tombeau,
Ne vois-tu pas ces Novices timides
Le contempler avec des yeux avides ?
L'occaſion nous preſſe & nous inſtruit,
Leur âge eſt foible, & leur ſexe fragile,
De Mere Agnus prends la forme & l'habit,
Prens ſa démarche & ſon doucereux ſtile,
Vas, cours tenter leur naiſſant appetit,
Et fais ſi bien que telle qui l'adore,
Dans un moment le croque & le dévore.

   C'en eſt aſſez, je comprens ton deſſein,
Dit Edéſie, elle part & ſoudain
Va furtant de Cellule en Cellule
Fouille & raſſemble avec empreſſement
Ce qui convient à ſon déguiſement,
Sa main profâne & touche ſans ſcrupule,
Tous les détails de ce Saint vêtement,
Dont le Patron fut donné par Bérulle :
Elle s'habille, elle endoſſe ſoudain
Robe & Manteau de drap de Capucin :
Une couroie attachée avec peine
Rend plus étroit ſon ventre qu'elle gêne ;
Le Voile obſcur, le modeſte Béguin,

La dure Socque & le lourd Scapulaire,
Guimpe empéfée, *Agnus*, facré Rofaire,
Tout prend fa place, & de la tête aux pieds
Rien n'eft omis pour plus de reffemblance,
Elle compofe avec foin fa preftance,
Croife fes bras, l'un fur l'autre appuyés,
Se fait un front ridé par l'abftinence,
Ferme à demi fes yeux humiliés,
Se donne enfin un air de pénitence,
Puis vers la Crêche elle marche en filence.

Telle qu'on voit au retour d'un Patron,
Qu'un fouvenir ramene en fa maifon,
De fes Valets la troupe difperfée,
Se raffembler & fans ordre empreffée
Prendre au hazard les outils & le rang
D'un autre emploi, d'un fexe différent,
Telle on eut vû la troupe adolefcente
S'agenouiller, interdite & tremblante,
Dès que parut la fauffe Mere Agnus,
Et d'une voix de frayeur glapiffante
Pfalmodier fur mille tons confus
L'une l'*Amen*, & l'autre l'*Oremus*;
Un tel défordre étoit pour la Déeffe
Nouveau motif de courage & d'efpoir;

Le réprimer eût été le devoir,
D'une févère & prudente Maîtreſſe :
Mais détournant les yeux avec adreſſe,
Elle aime mieux ne pas l'apercevoir,
Et ſur ce ton échauffé pour le zèle
Si familier à ſon dévot modéle,
Elle leur tient ce langage trompeur :

» Chaſtes Enfans, c'eſt ſans doute une erreur;
» Un noir ſcrupule en ce lieu me rapelle,
» Vos tendres cœurs, formés par mes leçons
» A révérer le moindre Reliquaire,
» Devroient, ce ſemble, écarter mes ſoupçons:
» Mais à votre âge on eſt ſi téméraire ;
» A tant d'attraits pourrez-vous réſiſter ?
» Juſqu'au reſpect dont le déſir s'irrite,
» Tout paroît fait ici pour vous tenter,
» Je crains ſurtout, je crains pour ce Jeſuite,
» Ce Benjamin de la Communauté :
» Chef-d'œuvre heureux d'art & de piété,
» Si l'on forma cette figure auguſte
» De ſucre fin, le plus pur qui jamais
» Sortit d'Alaiſe, ou de l'Andaguelais, (1)

(1) Selon les Géographes Orientaux, le Sucre le plus
fin ſe fait des cannes qui croiſſent dans le terroir d'Alaiſe

» Jugez hélas ! si ma frayeur est juste,

» Mais non . . . déja de mon zèle indiscret

» Vos cœurs altiers murmurent en secret,

» Demeurez donc : « Alors la Gourmandise

Sort & pour mieux assurer son projet

Souffle en partant l'esprit de convoitise.

Tel autre fois le perfide Serpent

Exagéroit aux yeux du premier Homme

Les doux effets de la fatale Pomme.

Ah ! quel est donc ce prestige puissant,

Ce faux appas, ce charme séduisant,

Funeste écueil de la nature humaine

Qui vers l'objet que la Loi nous défend

Avec fureur nous porte & nous entraîne ?

 La fausse Agnus ne touche pas encor

A l'escalier du premier Corridor.

Que de concert déja toute la troupe

Sur le Jésuite à porté ses regards.

Et dédaignant les autres Papelards,

Autour de lui se rassemble & se groupe :

lui seul occupe ; avec respect d'abord,

On le contemple, on l'admire, on le vante.

à l'Occident de l'Afrique , & le meilleur Sucre du
Pérou est celui de l'Andaguelais. *FREZIER.*

Le defir naît ; on fait un prompt effort
Pour l'étouffer , & cet effort l'augmente.
Enfin l'on cede : Une main imprudente ,
Pour contenter un barbare apétit ,
Ofe fur lui fe lever menaçante.
A cet afpeét la plus ferme pâlit ;
L'une applaudit & l'autre eft confternée ;
D'aife en fon coin la Vengeance fourit ;
Mais l'heure encore n'étoit pas arrivée.

Il eft au monde une Divinité
Des bons vieillards , des enfans redoutée ,
Du dévot fexe en tout tems refpeétée ;
Le faux Scrupule & la Crédulité
Près de Memphis lui donnerent naiffance ;
L'effroi du foible & l'aveugle ignorance
L'ont confondue avec la Piété :
Par la terreur arrachant les hommages ,
Elle féduit & nos yeux & nos cœurs ,
A chaque pas nous offre des préfages ,
Donne du fens aux noéturnes erreurs ,
Transforme en loix d'imbéciles ufages ,
Et fans raifon , ni du tems , ni des mœurs ,
Prefcrit fur-tout le culte des Images :
Aux bords du Nil c'eft elle qui jadis

Fit

Fit respecter aux Proselites même,
Illuminés par les eaux du baptême,
Les vils débris de l'idole d'Apis :
Par elle aussi fut sauvé le Jésuite.
Que ne peut pas la Superstition ?
Tandis qu'encor la jeune Sœur hésite,
Prête à céder à la tentation,
Elle l'arrête, elle verse en son ame
Le noir poison de cette émotion
Qui dans l'instant nous glace & nous enflamme,
Et réalise à nos sens éperdus
Tous les objets que la peur a conçus.
Le bras levé, la Novice crédule
Ressent bien-tôt les effets du scrupule ;
Le Simulacre à ses yeux s'animant
Pour réprimer son téméraire geste,
Paroît lancer un regard foudroyant ;
Nulle n'a vu ce prodige funeste ;
En gémissant elle en fait le récit.
D'abord on doute ; après on réfléchit ;
Déja l'on croit, & bien-tôt on atteste :
Il faut calmer la colere céleste ;
On fait des vœux. La crainte rend dévôt.
Pour ne rien dire on se donne le mot ;

D

Puis tout-à-coup l'Épouvante à fa fuite,
Hors de ce lieu la troupe prend la fuite.
Ainfi, fouvent une imbécille peur
Sert de prudence & prévient un malheur.

La Gourmandife à cet afpect confufe,
Gémit tout bas du fuccès de fa rufe ;
L'autre Déeffe échape un cri d'horreur
Qui retentit par-tout le Monaftère,
Et de fon pied, pouffé par la colère,
Frappe le fol témoin de fa douleur.
Qui peut, dit-elle, en ce péril extrême,
Qui peut ofer jufques contre moi-même
Défendre encor ce fuperbe ennemi ?
Si je fus feule autrefois fon appui,
Si de mon bras la menace implacable
A feule pu le rendre refpectable,
Pourquoi l'eft-il quand j'arme contre lui ?
Penferois-tu m'échaper aujourd'hui ?
Non, c'en eft fait, pour te croire coupable
Il me fuffit de te voir formidable.

Elle achevoit ces mots entre fes dents,
Quand de fon trou, qui lui preffoit les flancs,
Certain gros Rat avec force s'élance :
Ce Rat iffu par longue defcendance

D'un des héros à Guiorante voix (1),
Par qui Sethon, le plus pieux des Rois,
Vit défarmer les nombreufes cohortes
Qui de Pelufe alloient forcer les portes (2),
Comptoit encore au rang de fes ayeux
Ce chef hardi d'une troupe corfaire,
Qui, fur l'avis d'un Avocat fameux (3),
S'affranchiffant du préjugé vulgaire,
Ofa trancher le premier un appel
D'un Jugement de ce Siége fuprême,
Où, difpofant du bras de l'Éternel,
Un homme lance à fon gré l'anathême.
Par maint exploit lui-même avoit prouvé
Qu'avec le fang ce fublime courage
S'étoit en lui tranfmis & confervé.
La Déïté qui préfide au carnage
L'entend, le voit, & l'afpect fortuit

(1) Ce mot exprime le cri naturel du Rat.

(2) *Hérodote*, *liv. II, ch. V. 2*, raconte que fous le
régne de Sethon, Prince très-pieux, Sennacherib Roi
des Affyriens étant venu fondre en Égypte, les Rats
avoient mangé en une nuit les cordes des arcs & les
courroies des boucliers de fon armée.

(3) Cette plaifanterie eft attribuée à *Chaffeneuz*,
tandis qu'il étoit Avocat à Autun. Elle eft rapportée
dans l'*Hiftoire des vrais Témoins de la Vérité*, &c. & dans
M. de Thou.

De l'animal fymbole du ravage (1),
Porte en fon cœur le plus heureux préfage ;
Mille projets, enfans de fon dépit,
En ce moment occupoient fon efprit :
Le Rat paroît, une nouvelle idée
Les détruit tous & fixe fa penfée.

Toi qu'en ce lieu le Ciel même a conduit,
Dit-elle alors à la bête vorace,
De mon couroux pour être l'inftrument,
Digne héritier des vertus de ta race,
Arrête, écoute & fers-moi promptement ;
Si jufqu'ici ce refpect fanatique,
Que tant de fois aux crédules humains
Fit éprouver l'ouvrage de leurs mains,
N'a point glacé ton courage héroïque,
Cours, hâte-toi, fous ton avide dent
Tombe à mes yeux ce Coloffe impudent :
Faut-il encor que l'intérêt t'anime ?
Hé bien, aprens que c'eft un mets exquis,
Qu'il eft tout fucre, & que dans ta victime
De tes exploits tu trouveras le prix.

A ce difcours le Rat dreffant l'oreille,

_____

(1). Le Rat eft le fymbole de la deftruction. *Héro-*
dote, liv. IV, ch. 142.

Fixe de loin cette sainte merveille,
Pousse des cris qui peignent le désir,
Quitte son trou, part & court l'assouvir.

O triste sort des terrestres ouvrages !
Ce Benjamin, cette idole des cœurs,
Dressée exprès par de ferventes Sœurs
Pour recevoir leurs plus tendres hommages,
Sert de pâture au plus vil animal !
A coups de dent sappant son piédestal,
L'Iconoclaste aussi-tôt le terrasse ;
Il brise, il croque, il ronge avec ardeur,
De tous côtés entame la surface,
Grignotte, fouille.... Hélas ! ce beau Pasteur
N'est bien-tôt plus qu'une grossiere masse,
Dont l'air hideux inspire de l'horreur
Et qui dément son antique splendeur.
A cet aspect la Vengeance appaisée,
D'un vol hardi regagne l'Empirée ;
Et se voyant enfin en liberté,
La Gourmandise en un lieu plus tranquille,
De l'Opulence à ses loix plus docile
Va gouverner la molle oisiveté.

F I N.

www.ingramcontent.com/pod-product-compliance
Lightning Source LLC
Chambersburg PA
CBHW061645180626
46818CB00003B/977